中华先锋人物
故事汇

# 叶笃正

掌控风云的气象学家

YE DUZHENG
ZHANGKONG FENGYUN DE QIXIANGXUEJIA

张吉宙 著

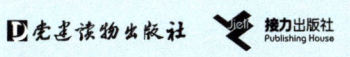

党建读物出版社　接力出版社

## 图书在版编目（CIP）数据

叶笃正：掌控风云的气象学家 / 张吉宙著. —南宁：接力出版社；北京：党建读物出版社，2022.12
（中华人物故事汇. 中华先锋人物故事汇）
ISBN 978-7-5448-7970-5

Ⅰ.①叶… Ⅱ.①张… Ⅲ.①传记小说-中国-当代 Ⅳ.①I247.5

中国版本图书馆CIP数据核字(2022)第224610号

## 叶笃正——掌控风云的气象学家

张吉宙 著

责任编辑：李文雅 孔倩
责任校对：杨艳
装帧设计：严冬 美术编辑：高春雷
出版发行：党建读物出版社 接力出版社
地 址：北京市西城区西长安街80号东楼（邮编：100815）
广西南宁市园湖南路9号（邮编：530022）
网 址：http://www.djcb71.com http://www.jielibj.com
电 话：010-65547970/7621
经 销：新华书店
印 刷：北京科信印刷有限公司
2022年12月第1版 2022年12月第1次印刷
787毫米×1092毫米 32开本 4.125印张 60千字
印数：00 001—10 000册 定价：22.00元

本社版图书如有印装错误，我社负责调换（电话：010-65547970/7621）

# 目 录

写给小读者的话 ………… 1

排行老七 ………… 1

谁藏了戒尺 ………… 5

抢来的东西吃起来不香 ………… 9

"蔫儿七"不蔫儿 ………… 15

笃正让瓜 ………… 19

做个男子汉 ………… 25

家门口的善举 ………… 29

十五岁的思考 ………… 35

"南开不要你!" ………… 41

绝处逃生 · · · · · · · · · · · · · · 47

从物理研究到气象科学 · · · · · · · · 53

野菜粥 · · · · · · · · · · · · · · · · 57

"牧羊教授"的指导 · · · · · · · · · · 63

科学家应有的精神 · · · · · · · · · · 69

气压占主导还是风占主导？· · · · · · 73

科学家有祖国 · · · · · · · · · · · · 79

曲折回国路 · · · · · · · · · · · · · 85

结束"天有不测风云"的时代 · · · · 91

四大金刚 · · · · · · · · · · · · · · 97

风雪中的坚持 · · · · · · · · · · · · 101

让每一个参与者都成为专家 · · · · · 107

探索的脚步从未停下 · · · · · · · · · 113

科学家的侠义精神 · · · · · · · · · · 115

# 写给小读者的话

亲爱的小读者：

你听，多么熟悉的播报声："明天白天多云，风力2—3级，最高温度23摄氏度，空气质量优……"

天气预报，给我们的生活带来了极大的便利，也影响着农业生产、工业制造等许多方面。可是，你知道吗？我们中国人之所以能够掌握风云变幻，告别"天有不测风云"的时代，正是因为一个叫叶笃正的人，他是中国现代气象学主要奠基人之一，中国大气物理学创始人，全球气候变化研究的开拓者。

那个年代，为了使我国的气象科学与世界水平接轨，叶笃正毅然放弃在国外的优厚待遇，历尽千难万险，踏上回国的路程，投身新中国的气象事业；

在科研条件落后的情况下，他克服重重困难，带领科研团队，在北京的一条胡同中，利用一幢破旧的老房子，建立了我国第一个天气气候研究室；

为了研究高原对大气环流的影响，他强忍着高原反应，数次前往青藏高原实地考察；

为了培养科学人才，他不顾年事已高，亲自前往塔克拉玛干大沙漠，带领团队实地考察，以获得第一手资料……

他的故事很多，当你仰望星空，一定会看到那颗闪亮的星——叶笃正星。

明天的天气会怎样呢？请你问问叶笃正。

# 排行老七

运河之古镇，京都之门户，说的正是因漕运而兴，有着六百多年建城历史的天津。天津东临渤海，北依燕山，海河五大支流浩浩荡荡，九曲百折，最终汇流于此。

一九一六年二月二十一日，天津城内有名的叶家大院，传来一声婴儿的啼哭，叶笃正出生了。后来，叶笃正成为中国著名气象学家。巧合的是，就在他出生这一年，中国有了第一份现代意义上的气象记录。

叶笃正虽然出生在北方，祖籍却是秦岭淮河以南的安庆市。

安徽省安庆市地处长江下游北岸，皖河入江

处，有着"万里长江此封喉，吴楚分疆第一州"的美称。

在安庆市宜秀区叶祠村，有一座建于一八七六年的古建筑——叶氏宗祠。这是一座坐北朝南，三进四合院式砖木结构的徽派建筑。如今，高高的马头墙上留下了许多岁月的痕迹。

叶家一门，人丁兴旺，英才辈出，蜚声中外的气象学家叶笃正就是其中之一。他的一生颇具传奇色彩，他的故事也很多，就先从他的家族说起吧！

叶坤厚是叶笃正的高祖父，自他开始，叶家逐渐兴旺。

叶伯英是叶笃正的曾祖父，他便是叶氏宗祠的建造发起人。

叶笃正的父亲是叶崇质，曾任河北省警察厅厅长。辛亥革命爆发后，叶崇质辞去一切职务，离开官场，在天津创办实业。

几年时间，叶崇质先后参与开办了几家实业，华新纱厂和启新洋灰公司办得最为突出。两家企业均在天津，规模很大。华新纱厂最辉煌的时候，拥有两千五百多名工人。启新洋灰公司更是令人瞩目，这是由中国人自办的第一个近代水泥生产企业。

除了参与开办实业，叶崇质还曾在华新银行任总经理一职，他在这个职位上干了很多年，直到病逝。

经过叶崇质的努力，叶家积攒下了家业，在天津有了立足之本，并在"聚福里"建起叶家大院。叶家大院分前院、中院、后院，有四十多间屋子，气势恢宏。至此，叶崇质可谓事业有成，叶家称得上家业兴隆。

叶笃正共有兄弟十人、姊妹五人，他在家中排行老七。叶崇质家学渊源，从小熟读诗书，深受儒家文化的熏陶，为孩子们起名也是来历不凡，颇有出处。从《中庸》的"博学之，审问之，慎思之，明辨之，笃行之"一句中取一"笃"字，作为子女的中间名，第三个字再分别另取。从叶笃正的名字可以看出来，父亲希望他求是勤勉，正直笃行。

叶崇质很重视子女的教育，他希望叶家的孩子都能好好读书，报效国家。后来，叶笃正不负父亲的期望，成为中国现代气象学主要奠基人之一、中国大气物理学的创始人、全球气候变化研究的开拓者。

下面讲一讲叶笃正的故事。

# 谁藏了戒尺

叶笃正出生的那年秋天，也就是他八个月大的时候，有一天，父亲带着一位摄影师回到家中，准备在葡萄架下给家人照相。也就是在那时，叶笃正留下了人生中的第一张照片。

那个年代，照相机很少见，普通老百姓几乎没有人照过相。叶家也是第一次照相，尤其是老夫人，虽然见多识广，但她听说照相机"摄人魂魄"，便不敢照相。面对照相机，家里的用人们也都面露惧色，生怕被夺去了魂儿。叶崇质知道了以后哈哈大笑，让人将叶笃正抱过来，先给他照一张相。

叶笃正手里玩着玩具，好奇地看着相机，就在这时，咔嚓一声，他留下了平生第一张照片。

叶笃正小时候，读的是私塾。父亲花重金请了一位老先生，到家中授学。此人名叫张树龢（hé），是当地有名的私塾先生。他身穿长衫，手拿戒尺，治学严谨。

叶家的孩子们都很聪明，但有的也很调皮。

老九叶笃成经常在课堂上搞小动作，扰乱上课秩序。甚至正上着课，他也敢跑出去爬到树上掏鸟窝，气得先生用戒尺打他的手心。可是他非但不改，还要拉上叶笃正跟他一起捣蛋，跟先生对着干。叶笃正不听他的，劝他好好读书。

有一次，叶笃成对叶笃正说："先生管得太严了，光让我们读书，也不让我们玩，还用戒尺打人，我得想想办法。"

叶笃正说："先生是为我们好，你应该听先生的话，可不要胡来。"

叶笃成不听，依然我行我素。有一天，趁先生不注意，他把戒尺藏了起来。先生发现戒尺不见了，就问是谁藏起来的，赶快交出来。可是大家都不说。

叶笃正想了想，觉得这样不对，刚要跟先生

说,却被叶笃成制止了。先生没有办法,只好找来叶崇质。叶崇质很生气,把孩子们召集起来,一个个问,到底是谁藏的戒尺。可无论他怎么问,就是没人说。

叶崇质又问叶笃正:"笃正,你最听话,最老实,我知道戒尺肯定不是你藏的。你告诉我,是谁藏的?"

叶笃正不想说,他知道一旦说出来,父亲不会饶了老九,免不了一顿打,弄不好先生也会用戒尺打他。可如果不说,父亲和先生早晚会将这件事查个水落石出,老九还是要受惩罚的。说与不说,小小的叶笃正心里很矛盾,难以抉择。

最后,他忍不住偷偷看了叶笃成一眼,叶笃成慌了,以为叶笃正要"出卖"他,一个劲儿地冲他眨眼睛,意思是千万不要说。这一切,都被叶崇质看在眼里,他顿时明白了是谁藏了戒尺,最后叶笃成被狠狠教训了一顿。

从此,孩子们都老实了,认真听先生讲课。

叶笃正学习很用功,成绩很出色,经常受到先生和父亲的表扬。

他是个孝顺的孩子，白天在先生这儿学的诗文，傍晚就会去读给母亲听，或者陪母亲聊聊白天的所见所闻。

为了督促叶笃成好好学习，叶笃正想了一个办法，趁奶奶闲下来时，他就拉着叶笃成跑到奶奶跟前，一起比赛背诵诗文，这样既能温习功课，又能给奶奶解闷儿。孩子们有谁背错了，奶奶还能当场指正。

读私塾的这段时间，中国的传统文化深深地影响了叶笃正，赋予了他心怀天下的博大胸襟。

叶崇质心里明白，虽然私塾教授的传统文化很重要，但是新式学堂教授的算术、英文等课程，已成为当前教育的主流。为了不让孩子们落下功课，他又请了算术和英文老师来给孩子们上课。叶笃正照样很用功，门门功课都很优秀。叶崇质给孩子们定下了目标——考取南开中学。

# 抢来的东西吃起来不香

在天津出生的叶笃正,跟其他兄弟姐妹一样,对安徽老家没有什么印象。有时候,奶奶和父亲就给他和兄弟姐妹们讲老家的故事。

奶奶的老家是有"文都"之称的安徽桐城,她熟读诗书,常常给孩子们讲历史故事。

有一次,叶笃正给奶奶背古诗的时候,奶奶给他讲了一个"六尺巷"的故事,这个故事发生在桐城。

清朝康熙年间,桐城有一个叫张英的读书人,考中了进士,后来凭着出色的能力,担任了文华殿大学士兼礼部尚书。

张英老家的房子与吴氏为邻,两家院落之间有条巷子，很窄，长不过一百米。有一年，吴家筹建新房，准备将地基往外扩，占用了这条巷子。张英的家人不同意，双方就争执起来，谁都不肯退让，就到当地县衙打官司。县官考虑到两家都是名门望族，哪个也得罪不起，无法做出决断。

张家人一看，衙门都做不了决断，干脆找张英，他可是大官，于是给张英写了一封信，让他解决这件事。张英看了信之后，略一思忖，提笔写下一首诗作为回应：

千里家书只为墙，让他三尺又何妨？
长城万里今犹在，不见当年秦始皇。

家人阅读回信，明白了其中的含义，就主动让出三尺。吴家人一看，深受感动，并为自己所做的事情感到羞愧，也主动让出三尺。就这样，两家人各退让了三尺，便有了六尺巷。

"六尺巷"的故事，深深地印在叶笃正的脑海里，让年幼的他知道了什么是谦逊和礼让。

叶笃正性格有点内向，说话慢条斯理，平时

喜欢安静，酷爱读书，一有时间就坐在那里做功课、看书。兄弟姐妹们不管做什么事情，也影响不到他。

"笃正，一起做游戏吧！"

"笃正，去外面玩吧！"

不管谁叫他，他也只是报以一笑，一个人沉浸在书中的世界，很享受的样子。父亲下班回家，有时候会给孩子们买回一些好吃的或好玩的东西。孩子们一见，立刻围上去哄抢。叶笃正却不为所动，依然坐在那里，一门心思读书，从不去争抢。父亲给他什么他就拿什么，就算被别人都拿光了，他也不计较。

家里的厨子老郑有一手做点心的绝活儿，做的糕、团、卷、饼、酥，不论是食材选用，还是火候掌握，甚至是摆盘，都极为讲究。有时点心一端上来，孩子们闻着味儿就围过来了。

点心毕竟不是正餐，数量也不多，孩子们都抢着去拿。可叶笃正从不去抢，最后去拿时，往往不剩什么了，但他只是笑笑，没有就没有了吧，也不计较。

有一次，叶崇质带回了一些荔枝，是海南的一位朋友送给他的，这种水果在当时的北方非常少见。

孩子们见到荔枝，特别兴奋，他们只是跟着私塾先生背过"一骑红尘妃子笑，无人知是荔枝来"的名句，当得知诗中的荔枝是一种水果时，他们对于荔枝生出了无穷想象。包括叶笃正在内，孩子们都想过，什么时候能吃到荔枝那该多好。这次，荔枝就摆在眼前，孩子们一拥而上，抢着去抓。叶笃正却站在后面，不争也不抢，轮到他时，只剩下残枝枯叶了。

用人看到叶笃正不紧不慢的样子，没吃到荔枝也不恼，急得直跺脚："你个老七，真是个蔫儿七！"大家听到后哈哈大笑，觉得这个称呼很适合叶笃正。此后，大家经常喊他"蔫儿七"。叶笃正听了，只是笑一笑，仿佛认可了这种叫法。

奶奶看不下去了，把他叫到身边说："笃正，别人叫你蔫儿七倒没什么，可你是男孩子，不能太软弱，别人抢果子，你也应该去抢。"

叶笃正慢条斯理地说："奶奶，我觉得抢来的东西吃起来不香,让大家先吃吧。"

奶奶一听,反而更喜欢叶笃正了。没错,在许多事情上,他都表现出谦让的态度,他的确是一个懂事的孩子。

奶奶说:"小笃正,你一定要好好读书,将来必有大出息。"

# "蔫儿七"不蔫儿

别看叶笃正年纪小,但他遇事冷静,善于开动脑筋,兄弟姐妹遇到难题都会向他请教。其实,他们口中的"蔫儿七"一点儿都不蔫儿。

不久,张树稣先生因年纪大了,便辞职回家。可孩子们的功课不能落下,还要继续读书。于是,叶崇质又请了一位先生来家中授课。

这位先生姓黄,长了一口黄牙,学问不如张树稣先生,教书也没有张树稣先生认真。他只顾干自己的事,任由孩子们嬉戏打闹,只有叶崇质或叶家的大人出现的时候,他才装模作样地整顿纪律,教孩子们读书。

孩子们虽然对他不满意,却又不敢对父亲讲,生怕父亲误会他们，认为他们是不想好好读书才告先生的状，这样父亲肯定会生气地训他们一顿。所以，他们只好忍气吞声。

叶笃正却没有放弃，一直在想怎样把这件事告诉父亲，让父亲辞退黄先生，如若不然，大家跟着这位黄先生长不了学问，这可不是小事。

转眼到了冬天，天气很冷，天津城滴水成冰，西北风整天呜呜地叫，街上稀稀拉拉的几个行人，也都穿着厚厚的棉衣，低头匆匆走路。

叶笃正他们在家里读私塾，条件很好，暖暖和和的，一点儿都不冷。可妹妹叶笃柔就不同了，她每天都要出门，冒着严寒去新式学堂上学。

这一天，叶笃柔冻伤了脚，走不了路。父亲见状，便给她在新式学堂请了假，让她先在家中读几天私塾，等脚伤好了，再去新式学堂上学。

叶笃正灵机一动，妹妹只是临时读几天私塾，算不上是私塾的学生，如果让她去劝说这位黄先生离开，自然不会受到父亲的责罚。于是，他写了一张纸条，让妹妹叶笃柔放到先生的桌子上，内容是控诉他教书不尽责，大家不喜欢他，希望他自己离开。

不一会儿,字条就被先生看到了。可他看完后,将纸条收起来,仿佛什么事也没有发生,依然我行我素,不把孩子们读书的事放在心上,放任他们自由玩耍。

叶笃正没想到,作为教书先生,他居然这么不负责任,太让人生气了,本来是想给先生留点面子,让他主动离开,可他竟然无动于衷。叶笃正下定决心,准备直接去找父亲谈这个问题。

这天,忙碌了一天的父亲回到家中,像往常一样检查孩子们的功课。叶笃正跑到父亲跟前,把先生如何不负责任的事情一股脑儿地讲给他听。父亲听完后,非但不相信,反而责怪他不好好跟先生读书,净想些"歪门邪道"跟先生对着干,简直不可理喻,便罚他面壁思过。

叶笃正有苦难言,但他没有跟父亲犟嘴,还是听从父亲的话,忍受着一肚子委屈,去面壁思过。

第二天,叶笃正又去找父亲,向父亲控诉。父亲还是不相信,又罚他面壁思过。大家劝他不要再去找父亲了,父亲一向对先生很尊敬,在这种事情上不会听一个小孩子的话的。叶笃正却固执地认为，不处理好这件事，受害的是叶家的子弟，事情既然到了这一步，他豁出去了，必须让父亲认真对待这件事。于是，他又去找父亲，换来的还是面壁思过的惩罚。

叶笃正不放弃，第四次去找父亲，终于引起了叶崇质的重视。他仔细一想，笃正是个懂事的孩子，平时很听话，学习又好，应该不会无事生非的。他让叶笃正回去好好上课，不要声张，自己在暗中观察，果然发现了黄先生种种不负责任的行为，便辞退了他。

这件事情之后，叶家上下都对叶笃正刮目相看，没想到老七非但不蔫儿，反而很勇敢，有股不服输的劲头。

# 笃正让瓜

夏天,叶家隔三岔五会买一些西瓜。又大又圆的西瓜,用刀切开,瓤儿红红的,很甜,既好吃又消暑。孩子们都很喜欢吃西瓜。

叶家规矩多,分西瓜也是有规矩的,一般由叶家的大人来分配,而且叶家一直遵循着尊老爱幼的优良传统,切好的西瓜,选取最好的一块,剔除西瓜子,先送给奶奶吃,奶奶吃过后,才轮到孩子们。

这天,天气特别热,蝉鸣声此起彼伏。空中那轮太阳,似乎比平时更大、离地面更近了,烤得大地都发烫。

在叶家的葡萄架下,大人们开始切西瓜。孩子们呼啦一下就围了上去，都想瞅准时机多抢几块西瓜吃。此时，叶笃正跟往常一样，静静地站在后面，不争不抢，等大家都拿过了，自己才伸手去拿。如果有不在场的兄弟姐妹，他都会先拿几块西瓜给他们送过去。

与叶笃正的做法相反，老五叶笃庄最爱吃西瓜，每次都是第一个去拿切好的西瓜，甚至没等西瓜完全切好，他就会下手去抢。这一次，叶笃庄故技重施，没等西瓜切完，手就伸了过去，叶笃正眼睁睁地看着冒着寒光的刀尖儿顺着笃庄的手指擦过，不由得替他捏了一把冷汗。

于是，叶笃正对他说："五哥，你要当心刀子，别被切到手。家里还指望你写春联呢。"

叶笃庄写得一手好字，叶家过年贴的春联都出自他手，叶笃正很是羡慕，因此担心五哥的手指被刀伤到。

叶笃庄一边吃着瓜，一边甩了甩右手，神气地说："放心吧！我眼疾手快，刀不可能切到我的手。"

过了两天，家里又切西瓜吃。叶笃庄又犯老毛

笃正让瓜

病了，不等西瓜切好，就瞄准一块，刚一伸手，手指被刀划了一下，冒出血来。吓得他退后几步，远远地瞅着西瓜。这个时候，他还不忘吃西瓜。

叶笃正说："五哥，你快去包扎伤口吧！我会给你留好西瓜的。"

分西瓜时，叶笃正先拿起一块，给叶笃庄送了过去。

叶崇质当着孩子们的面表扬了他："笃正肯为别人着想，懂得礼让，你们都要向他学习。"

叶崇质不知道的是，有一件事，叶笃正却瞒了他。

有一天，叶笃柔悄悄地告诉叶笃正，五哥叶笃庄一身毛病，他不仅偷着抽烟，而且不讲卫生，还不懂得节约，袜子穿脏了也不洗，随手就丢掉，又去拿新的袜子换上。

叶笃柔的意思是应该把这些事告诉父亲，给他改一改坏毛病。叶笃正想了想，认为这么做不太好，不如直接去跟叶笃庄说，提醒他一下，让他自觉地改掉这些坏习惯。

又到吃西瓜的日子，叶笃正分到一块西瓜，没舍得吃。他把叶笃庄叫到一边，把西瓜给了他。

叶笃庄问他："你怎么不吃西瓜呀？"

叶笃正说："我有件事跟你商量，你能不能不抽烟了？还有，袜子脏了你能不能洗干净再穿？如果你能做到这两点，以后我分到的西瓜全都给你吃。"

叶笃庄一听，感到很惭愧，表示今后一定改掉这些坏毛病。但他对叶笃正说："你的瓜还是你吃，我的瓜还是我吃。"

两人哈哈笑了。叶笃正这样做，既没有伤害兄弟之间的感情，又巧妙地将事情解决了。

# 做个男子汉

叶家保留着许多传统礼仪。每天早晨，待奶奶梳妆完毕后，叶家的孩子们就排着队进去给奶奶请安。

奶奶总是坐在床边的围椅上，绾着精致的发髻，腿上盖着毯子，清晨的阳光透过窗子照进来，洒在奶奶慈祥的脸上，照得屋子里亮亮堂堂。

"奶奶好！"哥哥姐姐喊得声音很大，到了叶笃正请安的时候，他总是声音很小。

奶奶说："小七，你的声音太小了，奶奶耳朵不好，听不清，你再给奶奶请一次安。"

叶笃正脸红了，又给奶奶请安："奶奶好！"声音比先前大了一点儿。

不等奶奶发话，兄弟姐妹就起哄："再大点声！奶奶还是没听见！"

叶笃正很认真，清了清嗓子，又喊了一声："奶奶好！"

兄弟姐妹哈哈大笑，奶奶也憋不住笑了，一把将叶笃正揽在怀里，怜爱地说："小七呀小七，你看你，哪儿都好，又聪明，又懂事，就是胆子小了点儿。男孩子可不能胆子太小，胆子小了，做不了大事。心中有好的想法，一定要大胆地说出来，这才是男子汉的气概。"

叶笃正说："奶奶，我一定做个男子汉！"

做个什么样的男子汉呢？叶笃正还没想好，但他觉得，做个男子汉不是一件简单的事，肯定不是依靠大嗓门儿。从此，"男子汉"这个词，在他心里慢慢发芽。

不久，发生了一件事情，让大家改变了对他的看法。

之前，奶奶领养了一个男孩，是他们家的远房亲戚，论辈分，孩子们喊他三爸。奶奶最疼爱三爸，对他过分宠爱，导致他从小就没好好读书。

三爸成婚后，和妻子育有两儿一女。可是三爸脾气不好，经常打骂妻子儿女。有一次他又发脾气，大儿子被他一把推倒，额头碰到火炉子上，烫了一个大包。

三爸的大儿子也是叶笃正的十三弟。看着年幼的弟弟遭此不幸，叶笃正和兄弟姐妹们都很气愤，商量着去找三爸为十三弟讨个说法。可是，三爸是他们的长辈，而且脾气暴躁，没人敢去找他。

这时，叶笃正坚定地说："怕什么？我去！"说完，头也不回地向三爸的房间走去。

大家面面相觑，他们怎么都没想到，看似柔弱的老七，关键时刻敢挺身而出，为十三弟仗义执言。

面对三爸，叶笃正丝毫不怯，大声质问他："三爸，您怎么这么狠心，把自己的儿子往火炉上推？您小时候，爷爷奶奶是否这样对待过您？您这样做是不对的，暴力解决不了任何问题。以后，不许您骂十三弟。"

三爸一怔，一时没反应过来，他没想到，这个被称作"蔫儿七"的老七，竟然敢这样跟他说话。可自己毕竟是长辈，被晚辈"教训"一顿，面子上挂不住，就气愤地用手指着叶笃正："你……你……"半天说不出一句话来。事后，三爸认真反思自己，改变了不少。

这件事情让奶奶和父亲对叶笃正刮目相看，兄弟姐妹们也发自内心地佩服他。

# 家门口的善举

叶笃正的十弟很善良，经常帮助乞丐，一看到门口来了乞丐，他不光给他们拿吃的，还会把身上的零用钱给他们。他乐善好施的名声很快就传出去了，叶家大门口成了乞丐聚集地。

有一天，叶笃正和九弟叶笃成在门口玩，迎面走来两个乞丐，像是祖孙俩。看样子，他们是冲着叶家的老十来的，一见叶家两个少爷站在门口，那位老人就一个劲儿地乞讨。听口音，他们是外地人。叶笃正心想，十弟的名声都传到外地去了。他看了叶笃成一眼，意思是咱俩给他们点零钱吧！这时，老人跪下了，给他俩磕头，叶笃正急忙去扶他。

两兄弟将身上所有的零花钱掏出来，给了他们。

前来叶家门口乞讨的人越来越多，有时把门前的路都堵住了。大哥叶笃仁看不下去了，告诫十弟不要再去理会他们，那么多乞丐，能管得过来吗？十弟不听他的，两人争执起来。

事情闹到奶奶那儿，奶奶非常支持老十的做法，她说："做人要善良。遇到有困难的人，能帮就帮，这是行善积德的事。"

对于这件事，奶奶想听听大家的意见，结果叶家上下几十口人，既有支持的声音，也有反对的声音，意见难以统一。

叶笃正一直没有发表意见，他认为这件事不需要讨论，十弟的做法是对的，哪怕大家都反对十弟，他也要支持十弟。

奶奶见他默不作声，就问他："老七，为什么不说话？你的意见呢？"

叶笃正大声说："我支持十弟！我愿意和他一起去做这件事！"

奶奶笑着说："就等你开口呢！有你这一

票，不光老十的善举，我们叶家的善举都要进行下去。"

不幸的是，十弟十岁时，生了一场大病，浑身发热、咽喉肿痛，皮肤出现红色斑点。医生诊断为猩红热。

祸不单行，妹妹叶笃柔也在这个时候得了一种可怕的传染病，病情更为严重，性命堪忧。这种病的传染性极强，医生不让任何人接近她，把她单独安置在用人的房间。

妹妹的情况很不乐观，叶笃正急坏了，说什么也要去看她。可是用人拦着门，除了医生，谁都不准进屋。

叶笃正守在门口，眼泪止不住地流下来。他见医生来了，便扑通一声跪了下去，哀求医生："您一定要救救我的妹妹！"

医生很感动，把他扶起来，表示一定尽力。

叶笃正坐立难安，希望弟弟妹妹快点好起来。妹妹救过来了，可是，十弟却走了……

叶家上下一片哀伤，叶笃正悲痛不已，一想起站在门口，面露微笑，帮助乞丐的十弟，他就忍不住放声大哭起来。他不明白,为什么医学如此落后,猩红热就夺走了他善良的十弟的性命。

老十走后,叶家大院门前依然会聚集很多乞丐,叶笃正会像十弟那样,站在门口,将身上的零花钱掏出来发给乞丐。并且他跟兄弟姐妹们说,虽然老十走了,但一定要将他的善举延续下去。

奶奶也常去门口给乞丐发钱,她开支多,却很要强,钱花光了也不说。她手头的钱都是叶崇质给的,但她从不主动要钱。叶崇质为了照顾她的面子,每次把钱交给她的时候,多余的话一句都不说,有时候还会让老太太的仆人把钱送过去,同样,叶崇质嘱咐仆人什么话都不要说,老太太自然就收下了。

这天,叶崇质有点事,刚要出门,突然想起来该给老太太送点零花钱了。正在这时,叶笃正走过来,叶崇质就将钱递给他,让他给奶奶送去。

叶笃正刚要转身,叶崇质叫住他:"别急,你知道奶奶的脾气,可不能直接说是我给的零花钱,得找个合适的理由。你想一想,该怎么说?"

叶笃正说:"这个好办,我就说'奶奶,爸爸说您心善,怕您没钱给乞丐'。"

叶崇质满意地点了点头,心想:老七果然聪慧,一点就透。

# 十五岁的思考

叶崇质去世的那一年,叶笃正十四岁。他和九弟叶笃成一道考取了天津著名的南开中学,编在三十五班。他的三哥笃义、五哥笃庄、六哥笃廉都在南开中学读书,学习成绩都很出色,他们兄弟五个被称为"南开五虎"。后来,叶笃柔也考取了南开中学。

南开中学由著名的爱国教育家严范孙与张伯苓创办,叶笃正在南开上学时,张伯苓担任校长。叶笃正特别喜欢南开中学,每天早晨六点半,伴随着起床的铃声,大家纷纷到操场集合开始锻炼身体;紧接着就是早餐时间,吃过早餐后,上午排满了课程,紧张而又充实;下午则上生动有趣的实验课和作文课，其他时间为自修。

下午四点钟的铃声刚响过，教室里就看不到学生了。大家都去参加各个兴趣小组，有的去写文章，有的去唱歌，有的去排练话剧，有的去锻炼身体。

叶笃正最感兴趣的是理科，最喜欢的运动是打乒乓球。对于知识的追求和运动的热情，伴随了他的一生。

叶笃正参加了学校的乒乓球队，他的乒乓球打得很好，是队里的主力。打乒乓球是课业之后的放松，也能强健体魄，况且，学习有学习上的竞争，竞技场上有竞技上的角逐，二者都令他着迷。

张伯苓校长一向反对死读书，十分重视学生开展社会调查活动，这也是他的重要教育思想之一。

因此，南开开设了社会调查课，引领学生走进医院、厂矿、监狱、救济院、农村等，通过亲身体验、调查研究，加强对社会的认识。

叶笃正从小在叶家大院生活，对外界的情况比较陌生，对中国当时的社会现状缺乏了解。通过社会调查课，他逐渐认识到，当时积贫积弱的中国存在各种问题，底层人民的生活多么不容易，一种责任感和正义感在他的心里油然而生。他一直在想：怎样才能改变这种现状？

有一次，叶笃正在当时的省政府门口，看到一位老人在卖东西，院内冲出两个卫兵，粗暴地驱赶他，老人收拾东西准备离开，另一个卫兵嫌他动作慢，上去就踢他。

叶笃正很生气，上前劝阻："你告诉他这里不能摆摊，让他走就是了，为什么踢他？这样做是不对的。"

卫兵一看，一个中学生敢教训他，顿时恼羞成怒，把他扣押了起来。

大哥叶笃仁听说后，动用关系才把他救了出来。

不久，"九一八事变"爆发了。这一年，叶笃正十五岁。他一直在思考，自己的国家不光贫穷落后，受外敌欺凌，更有那些麻木不仁、仗势欺人的人，没有救国之心，反倒欺压百姓，怎样才能实现国家富强、民族振兴、人人平等呢？

张伯苓校长给学生们上课时，常常把自己在国外的见闻讲给他们听，借此来分析国际形势。他指出，中国贫困的根源在于科技落后，我们还在苦读经书的时候，其他国家已经拥有了先进的科学技术，进行了工业革命。他教导学生："爱国、救国的方式很多，军人靠打仗保家卫国，学生的责任是掌握知识，通过知识进行科学救国！"

张校长的一番话点醒了迷茫中的叶笃正，使他树立起科学救国的远大理想。他多次向张校长请教，怎样才能实现科学救国。

张校长说："要想做到科学救国，首先要好好学习，掌握更多的知识、打好基础，争取考上清华、北大这样的名校，然后再找机会出国留学，进一步学习国外的先进科技，回来为国效力。我们必须承认，当前中国的科技，远远落后于欧美国家，现在需要一批有志青年，出国学习。笃正，一定要放眼世界。"

叶笃正听后，郑重地点点头，把校长的话深深地记在心里。

在南开中学读完初一后，他想直接读初三。张伯苓很了解叶笃正，他是一名非常优秀的学生，但想跳级，必须通过考试。叶笃正让校长放心，他一定好好准备，争取考试过关。

叶笃正利用暑假两个月的时间，闭门在家，自学了初三的课程，遇到不懂的问题就去请教哥哥们。

时间过得很快，转眼就开学了。他信心满满地去参加考试，果然取得了优异的成绩，考取了初三，成为南开中学的一名跳级生。

# "南开不要你！"

　　无情的战火蔓延开来，日本侵略者的罪恶行径引起了爱国青年们的满腔怒火。很多大学生自发组织起来和群众一起上街游行抗议，南开中学的学生们积极响应，准备参加示威游行。

　　张伯苓校长虽然痛恨侵略者，但是作为校长，他既要保证学生的学业，又要为学生的人身安全考虑。因此，他并不提倡学生们去搞校外运动。

　　眼看校外的抗日游行队伍日益壮大，口号喊得越来越响亮，叶笃正和同学们心急如焚，迫切地想加入进去。怎么办？大家一商量，决定一起去张校长那里请愿。

　　尽管如此，大家心里还是没底，因为张伯苓校长对学生要求很严，说一不二，他明令禁止的事情，决不允许学生挑战他的底线。

路上，有两个同学窃窃私语："我看还是别去了吧，弄不好惹怒了张校长是要被记过的。"

"我也担心这样，还是别去了吧！"

两人一商量，便离开了队伍。

其他人一想到万一事情不成可能被记过，也都泄了气，一个个没精打采，踟蹰不前。但是箭在弦上，不得不发，叶笃正劝慰大家，这是爱国行为，一定要得到校长的支持，必须去争取一下，有什么不利于大家的事由他一人承担。于是，大家只好硬着头皮走进校长办公室。

和大家预料的一样，张校长态度很坚决，很多学生纷纷退了出来。校长室里只剩下叶笃正一人，他还在与校长理论，坚持自己的想法，希望得到支持。

张校长很欣赏叶笃正，但这个时候他只能耐心地劝说他，希望他理性爱国，不要做无谓的牺牲。

叶笃正则认为，国难当头，青年总不能置之不顾，便跟他争辩起来。

张伯苓没想到，平时沉稳懂事的叶笃正竟这么固执，一气之下拍案而起："如果你父亲在这儿，他也决不会让你去冒险！"

事情到了这种地步，叶笃正本该知难而退，可他丝毫没有退缩的意思，依然跟校长理论："我父亲怎么做，那是他的事。或许他真跟您一样，在这件事上阻拦我。那我认为他的心里装的是小家，而不是国家。"

叶笃正越说越激动："青年应该以国家利益为重，国难当头，决不能苟且偷生。叶家曾有的规矩，不是国家的规矩。南开中学的规矩，也不是校长一个人的规矩。爱国才是最大的规矩。校长应该支持我们！"

张伯苓火了："孺子不可教也！你简直太天真了！你以为仅凭一腔热血就能救亡救国？你冷静地想过没有，作为一名学生，最重要的事就是学业！你给我记住了，做大事靠的不是冲动，是智慧！是时机！为了国家，我们可以牺牲自己，但要在必要时！记住，必要时！"

张校长越说越生气："你刚才不是说国有国法，

中华先锋人物故事汇　叶笃正

家有家规吗？一个大家庭没有规矩是不行的，同样，一个学校没有规矩更不行！我还是那句话，爱国的方式有很多种，不能做无谓的牺牲。如果你执意要上街游行，那请你自便，南开不要你！"

说完，张伯苓愤怒地转身离去。

"南开不要你！"这句话让叶笃正浑身一震，呆呆地立在原地，许久都没有回过神来。

叶笃正此时正面临着高中毕业，在这个节骨眼上被学校开除，不仅会让家族蒙羞，更会让他失去施展抱负的机会。

张校长非常器重叶笃正，他怎么会忍心开除他呢？可是，张校长有苦难言，扬言要开除叶笃正是希望起到震慑其他学生的作用。

幸运的是，有一位教授西洋史、颇有名望的韩化信老师听说叶笃正要被开除，便急忙和其他几位老师去找张伯苓校长求情，这才保住了叶笃正的学业。

后来叶笃正回忆起这段青葱岁月，感慨地说："当时，我只感觉到，如果这件事我应该做，我就去做，至于后果，当时想都没想。唯有国家的概念，深深地埋在我心中。"

回忆起张伯苓校长，叶笃正说："现在回想起来，我是理解张校长的，他希望学生爱自己的国家，但要理性。尤其希望我们这批成绩优秀的南开学子，要走科学救国的道路。"

不管时间过去多久，对南开中学，叶笃正一直心怀感恩。一九九四年，他参加了南开中学建校九十周年庆典活动。二〇〇四年受邀参加南开中学建校一百周年校庆，他难掩激动，深情地说："我们要按照老校长的教育思想，一定要把德育放在首位，要懂得做人的道理，要给国家做事。"学校送给他的建校一百周年的纪念章，他倍加珍惜，一直别在衣领上。

# 绝处逃生

叶笃正青少年时期的许多经历，将他的内心锤炼得更加坚定，"科学救国"这四个字，深深地印在他的心中。这不仅是父亲叶崇质对他的期望，也是南开中学的校长张伯苓对他的敦促。为此，他更加勤奋地学习。

一九三五年七月，叶笃正高中毕业，以优异的成绩考取了清华大学理学院。这一年，叶笃正十九岁。

值得高兴的是，一九三六年，叶笃成也从南开中学毕业，考取了北平的大学。

南开中学，是叶笃正等一大批学子成长的摇篮。

而清华大学，是叶笃正向往已久的高等学府，这里大师云集，学术氛围浓厚，来自全国各地的优秀学子济济一堂。

时任清华大学校长的梅贻琦是一九〇四年考入南开中学的第一批学生，这让同为南开中学毕业生的叶笃正深感自豪。不仅如此，清华还拥有一流的师资，张子高教普通化学，雷海宗教中国通史，叶笃正最喜欢的物理则是由吴有训、萨本栋教授。这么多大师级的老师授课，让叶笃正振奋不已。

叶笃正的六哥叶笃廉在清华读化学系，但叶笃正不知道，叶笃廉已悄悄地加入了中国共产党，并改名叶方。他经常教育叶笃正，要好好读书，做一个有志青年！叶笃正跟随他，参加了很多大学生的演讲活动。

一九三五年十二月九日凌晨，天寒地冻，万物萧瑟。北平的学生们组织起来，举行游行请愿，反对"华北自治"，反对日本帝国主义，要求保全中国领土的完整，掀起全国抗日救国新高潮。叶笃正也参加了这次游行活动，他和同学们走上街头，振臂高呼——

"打倒卖国贼!"

"打倒日本侵略者!"

不一会儿,游行队伍就遭到了军警的围堵,面对杀气腾腾的军警,大家一边周旋,一边散发传单。

其中一支游行队伍吸引了许多市民参加,人数迅速增加到四五千人,声势浩大。军警一看不妙,便对游行队伍展开武力镇压,动用水龙头扫射。寒冷的冬日,学生们被淋了一身水,冻得瑟瑟发抖,还有的变成了"冰人"。一时间,群情激愤,大家冲上前去,与军警展开搏斗。有不少人被捕了,但没有人退缩。

叶笃正和同学们跟随另一支游行队伍来到西直门,准备进城,但城门紧闭。他们一直等到了傍晚,叶笃正发了一天传单,感到又冷又饿。此时,一个女同学递给他一个窝头,他满怀感激,经过交流,他得知这位同学名叫高秉洁,也是清华大学的学生。

这是叶笃正初识高秉洁,但高秉洁早就认识叶笃正了。她说,早就注意到叶笃正经常在图书馆看书。高秉洁落落大方，叶笃正却脸红了。从此以后，两人成了好朋友。

军警镇压学生的消息传来，叶笃正所在的游行队伍被迫解散，返回学校。

第二年的三月三十一日，这一天发生的事情，叶笃正永远也忘不了。当时他正准备去上课，高秉洁过来找他，告诉他北平第十七中学一个叫郭清的学生，因抗议学校开除进步学生遭到军警逮捕，被严刑拷打惨死在狱中。今天上午，北平学生联合会决定为郭清举行追悼大会，控诉当局的暴行，高秉洁问叶笃正参不参加。

叶笃正说："我必须参加！"

在北大的三院大礼堂，参加郭清追悼会的学生有一千多人。细心的叶笃正发现，三院的大门此时已被军警封锁。

同学们义愤填膺，决定抬棺游行。他们冲破军警的包围，高呼口号，走上街头，来到王府井大街附近时，遭到军警的残酷镇压。

忽然，身后传来了枪声。这时，有人在喊："快跑，快跑啊！"叶笃正回头一看，几个手持警

绝处逃生

棍的军警正朝他扑过来，他撒腿就跑，不料却钻进了一条死胡同。眼看军警就要追过来了，危急关头，叶笃正拿了架梯子爬上墙头，纵身一跃，跳入墙外的河中，这才得以逃脱。

那次跳河逃生的经历，让叶笃正深刻地意识到：面对强权，游行队伍是多么脆弱，一个人连自身安全都保障不了，谈何救国？当年张伯苓校长的话仿佛就在耳边。

多年以后，叶笃正曾带学生去王府井一带找过那条胡同，还有那条小河。但由于城市的面貌有所改变，他没有找到。后来他从一张老照片上看到了那条小河，并从照片上看到了自己当年的跳河地点，唏嘘不已。

# 从物理研究到气象科学

叶笃正擅长理科,尤其喜欢物理,他拼命钻研,准备将来从事物理研究。

叶笃正一直保持着打乒乓球的习惯,一天傍晚,他又来到了乒乓球场。每次轮到他上场,总能引起许多人注目。同学们本以为他只是个书呆子,没想到他还有如此精湛的球技。

叶笃正打完一场后,一个人走过来,冲他说:"你的乒乓球打得真好!"

"我叫钱三强,物理系大四学生。"

旁边的一个球友对叶笃正说:"他是钱玄同教授的公子。"

钱玄同教授是著名语言文字学家,影响力很

大，在清华、北大，他的名字无人不知。钱三强也是名声在外，很多学生都知道他。叶笃正听人说过，钱三强物理成绩很好，文字功底也深，他很佩服，有种相见恨晚的感觉。两人很快就成了无话不谈的好朋友。

钱三强大叶笃正三岁，是他的学长。

有一次，钱三强问叶笃正："你读完大一，就要选择专业了，有什么打算吗？"

叶笃正说："我喜欢物理，准备选择物理专业。"

钱三强说："物理学起来很辛苦，最终能毕业的寥寥无几。"

叶笃正说："辛苦我不怕，物理实用，生活中离不开物理。我想学好物理，用科学救国！"

钱三强说："笃正，我很赞成你的选择，可是要我说什么最实用，我认为是气象学。如果现在让我重选专业，我会选择气象学。"

"气象学？"

"这么说吧，许多物理知识常用于预报天气。你不是说生活离不开物理吗？天气与人们的生活更是息息相关。比如说台风来了，我们预测不到，毫无准备，就会造成很多损失。如果做好天气预报，就可以提前预防，减少很多损失。目前，中国气象学还是空白，现在我们太落后了，国家急需这方面的人才。"

这天晚上，钱三强的话引起了叶笃正深深的思考。科学救国的道路有许多条，既然有这么一条重要的路没有人走过，为什么不去试试？

叶笃正决定，放弃自己热爱的物理学，选择气象学专业。同时，他很清楚，气象学的研究领域很广，对数学和物理知识的要求都很高。因此，他对物理和数学的学习，一刻也不敢放松。

叶笃正终于找到了他心中的一条科学救国之路。

# 野菜粥

一九三七年七月七日,卢沟桥事变爆发,不到一个月,北平和天津相继沦陷。局势动荡,民不聊生。

受战争的影响,清华大学不能办学了。这时叶笃正刚读完大二,才迈进气象学的门槛。他一下子感到前途渺茫,无奈之下只好返回天津,在大哥叶笃仁的安排下住进了租界。但是同在清华大学上学的叶笃廉没回天津,音讯全无。叶笃仁很替叶笃廉担心。叶笃正宽慰他说,六哥肯定是和一帮同学在秘密从事抗日宣传活动。此刻的叶笃正多想找到叶笃廉,跟他一起抗日。

过了些日子,叶笃正得知北平沦陷后,清华大学、北京大学和南开大学搬到了湖南长沙,组成了国立长沙临时大学。

终于在十月份,他收到了学校的复课通知,所有学生都去长沙上课。叶笃正即刻动身,不远千里,到达了长沙。

他发现许多同学没有来,有的转学了,有的工作了,有的失去了联系。叶笃正感到一阵心酸,怅然若失。

他对高秉洁说:"我的许多同学都转学了,有的转到了燕京大学。我三哥叶笃义是燕京大学的学生,他建议我转过去,那所大学有一定的背景,日本人不敢轻易破坏它。"

高秉洁说:"那你为什么不转过去呢?"

叶笃正说:"我舍不得清华大学,我在这里一样会刻苦攻读,将来为国家做贡献。"

十一月一日,国立长沙临时大学正式开课时,来自三个学校的师生只有一千六百多名。这时,学校的校舍还没有完工,只好租用其他地方作为临时上课场所。在那个战火纷飞的年代,上课期间经常会传来刺耳的防空警报声。每当这时,学生们就放下课本，紧急疏散。叶笃正就是在这样艰苦的环境中坚持读书的。他暗下决心，无论上课条件怎样，他都会朝着气象学研究的方向，坚定不移地走下去。

不久，日寇又攻占了长沙，国立长沙临时大学也宣告暂时解散，向西南迁移。此时，南开中学的张锋伯在临潼成立了一个宣传抗日的基地，许多昔日的南开学子集结起来奔赴临潼，叶笃正就是其中之一，他们主要在后方为抗战服务，进行宣传工作。

有一天晚上，叶笃正和几名同学以及一些抗日志士全副武装，赶到一个叫斜口的地方，端了一个土匪窝。这伙土匪打家劫舍，无恶不作。除掉这伙土匪，人们无不拍手称快。能够为民除害，叶笃正感到很兴奋。

接下来还有一场行动。当地有个恶霸联保主任，名叫秦颂丞，他加入了国民党的特务组织，依仗政治势力纠结一帮反动武装，为害乡里，草菅人命。叶笃正和同学们认为必须除掉他，一天不除掉他，老百姓一天都不得安宁。

在张锋伯的带领下，叶笃正他们冲进相桥镇联保所，生擒秦颂丞。秦颂丞很狡猾，口口声声表示一定痛改前非，带领手下打鬼子，只求留他一命。张锋伯心一软，就放了他。可是，秦颂丞回过头来就勾结国民党反动势力，将张锋伯逮捕入狱，叶笃正等骨干也险些被捕。

叶笃正离开临潼后，找到清华校友刘毓衡，参加了他领导的学生救亡团，和大家战斗在抗日宣传工作的一线。

叶笃正随着部队辗转山西、陕西和河南一带，一路上吃了很多苦，但他觉得，跟处在水深火热中的老百姓相比，这点苦不算什么。他只希望早点赶走侵略者，过上太平日子。

有一次，叶笃正和两个战友一起外出执行任务，路途遥远，三人走了很久，饿得两腿发软，走不动路。他们咬牙坚持，好不容易来到一个村子，便尝试着去找点吃的。可是，村子早被鬼子洗劫一空，连个人影儿都没有，更别说食物了。

三人只好拖着疲惫的身躯继续前进，不一会儿，就累瘫在地，实在是走不动了。就在这时，叶笃正看见远处有一座寺庙，他们挣扎着走过去一看，这座寺庙荒废已久，只剩断壁残垣。他们躺在地上，深感绝望。

突然，叶笃正闻到一股香味。他爬起来一看，不远处的河堤上，有一位老太太好像在煮粥。

"快起来！"叶笃正说。

于是三人互相搀扶着，跌跌撞撞地走过去，掏出身上所有的钱，跟老太太商量想买一碗粥。

在那种情况下，人们衣不遮体，食不果腹，能有口吃的太不容易了。老太太实在不想卖掉自己辛辛苦苦做出来的粥，况且，一点儿稀粥都不够她自己喝的，怎能卖了？

叶笃正几个人恳求说："老奶奶，卖给我们一碗吧！我们不是坏人，我们是打鬼子的，我们不想饿死，要死也要死在战场上。"

老太太最终还是卖给了他们一些粥。

叶笃正他们捧着碗，不顾热粥烫嘴，大口大口地喝着，感觉那个香啊！

这烫嘴的野菜粥，是叶笃正记忆中最难忘的食物，也是关于家国的最苦涩的回忆。那天，他和战友憧憬着，等打完鬼子，他们就吃很多很多西红柿炒蛋。

在那段艰苦的岁月和漫长的行军途中，叶笃正始终坚持学习。一路上，为了减轻负重，会扔掉很多东西，但不管去哪里，他始终将两本书带在身上，这两本书是《气象学》和《物理学》。

一九三八年四月，国立长沙临时大学西迁至昆明，改称国立西南联合大学。

经过深思熟虑，叶笃正越发觉得，若想救国，仅靠理想和热情是不够的，依他目前的情况，还是应该专心学习，发挥所长。

这年夏天，叶笃正来到了昆明。滇水之畔，并无水草丰美的景色，处处显得荒凉。他所向往的学校在昆明西北的一块荒地上。由于经费紧张，校舍基本上靠租房来解决，各学院并不集中，散布在昆明的各个地方。虽然条件艰苦，但大家怀着强烈的爱国心，发愤学习。

# "牧羊教授"的指导

一九四〇年,叶笃正以优异的成绩毕业于西南联大。

不久,传来一个好消息——浙江大学著名气象学家涂长望准备招收研究生。

一九四一年,叶笃正如愿考入了浙江大学史地系,成了史地研究所副所长涂长望的学生,主攻方向是大气电学。能跟从这样一位名师学习,叶笃正深感荣幸。

当时的浙江大学并不在杭州,因受战乱影响,西迁至贵州遵义、湄潭等地办学。时任校长竺可桢,是中国著名气象学家、地理学家。

由于战争造成的物资紧缺波及贵州,学校没有电灯，连蜡烛和煤油灯都是稀缺物资。没有办法就想办法，当地人会用桐油灯作为照明工具，叶笃正也学着制作桐油灯——以灯草做灯芯，往容器里倒入桐油，一盏桐油灯就制作完成了。

桐油灯燃烧时，灯光暗淡，冒着黑烟，还伴随着一股难闻的气味。无数个夜晚，叶笃正都在灯下学习。时间长了，皮肤被熏得黑黝黝的，同学们见他变成一个黑小子，都戏称他为"叶包公"。

涂长望见叶笃正如此用功，深知他是一个可造之材，为了提升他的综合能力，便把他介绍给王淦昌教授。

王淦昌教授后来成为物理界响当当的人物，是我国核物理学家，我国核科学的奠基人和开拓者之一。

当时的王淦昌教授有一个外号，叫"牧羊教授"。因为生活艰苦，王淦昌的小女儿王遵明刚出生的时候就断了奶水。当时学校已西迁至遵义，地处山坳，生活不便。为了养活王遵明，王淦昌想了一个办法，他买来一只羊，除了上课，一有时间，他就到山坡上放羊，用羊奶喂养王遵明。

叶笃正抓紧一切机会向王淦昌教授求教,几乎每天放学后他都会来到山坡上,一边陪王淦昌教授放羊,一边观测气象。他将许多疑问向王淦昌一股脑儿地倒出来。每次,王淦昌都不厌其烦,给他耐心讲解。

有一次,叶笃正和王淦昌讨论一个问题,两人很投入,都忘了还在放羊。他们讨论完之后,一看羊不见了,赶紧去找,但半天都没找到。王淦昌急坏了,羊丢了,女儿就断了奶水,这可怎么办呀?叶笃正劝他不要着急,他一边咩咩地学着羊叫,一边继续搜寻。这个办法还真有效,不一会儿,远处的树丛间传来了咩咩的回应声,羊终于找到了。

王淦昌教授对叶笃正要求很严格,尤其是数据的来源,必须真实可靠。他指导叶笃正开展气象观测,以身作则实践着"务求实学,存是去非"的理念。在他的带领下,叶笃正不敢有半点马虎,全身心地投入到学习当中,进步很快。

时间不经意地流走,转眼到了毕业季,叶笃正潜心准备论文。为此,他经常跟随王淦昌去校长竺可桢的家中求教。这一天,两人再次来到校长

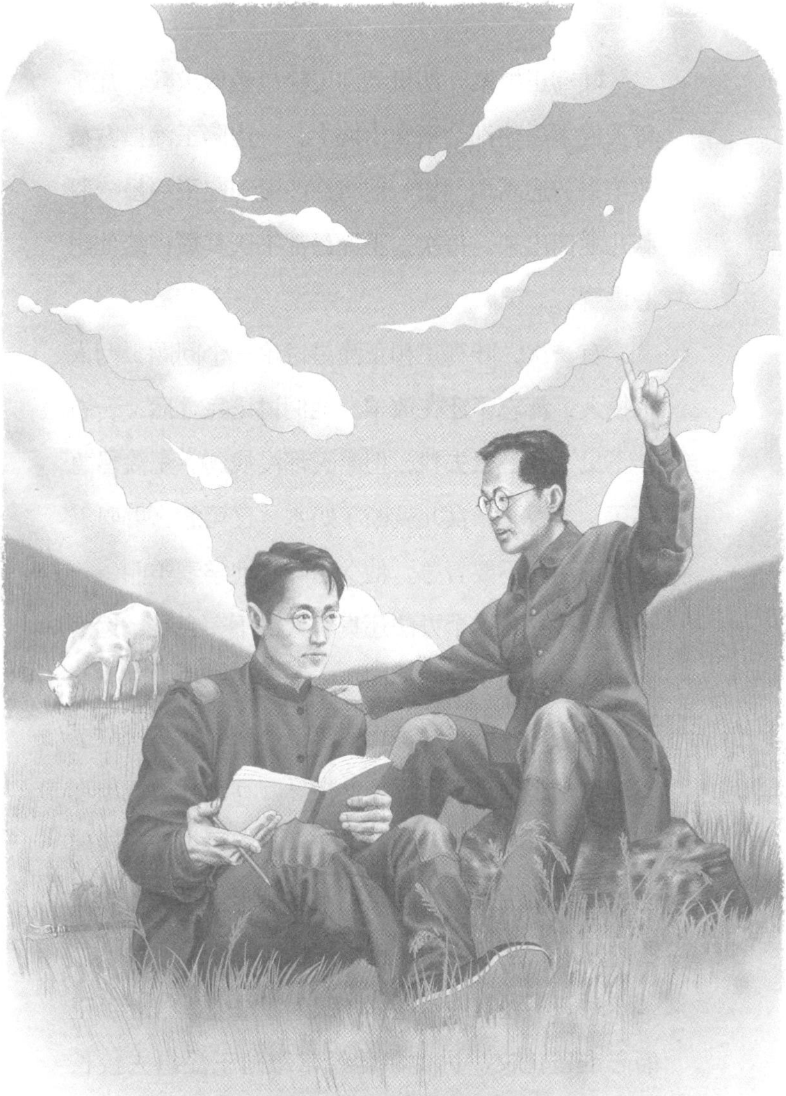

家，竺可桢开口问叶笃正："研究生论文开始准备了吗？"

叶笃正说："我正是为这个来向您请教的。"

竺可桢说："气象学应用很广，主要是为生活服务，应该选择一个有实际意义的研究课题，这样对培养你的观察和动手能力是有益的。"

回到学校，叶笃正根据竺可桢校长提的要求，构思了几个论文选题，最终确定了一个侧重于实践的课题，就是关于湄潭近地层大气电位的观测研究。

叶笃正把所有精力投入到论文上。在这个过程中，他遇到了许多难题。当时，科研条件有限，缺乏观测仪器，王淦昌教授为了帮助叶笃正顺利完成论文，就去物理系找到了一个损坏的电位计，指导他将电位计修复。在叶笃正写作论文的过程中，从观测地点的选择，到工作场地的搭建，王淦昌都给了他很大的支持。叶笃正努力进取，很快获得了第一手资料，通过查阅文献，分析数据，并及时听取导师的意见，反复修改论文。

这是叶笃正从理论学习转向实践研究的重要过

程,正是在这一过程中,他学会了独立观测和整理数据。

很快,他的研究生毕业论文《湄潭之大气电位》就完成了,受到了老师们的一致好评,被评为甲等论文。

好事成双,在学习过程中,他认识了同在浙江大学的同学冯慧,两人经常相约,在湄江畔散步。两颗年轻的心互相撞击,迸发出爱的火花。一九四三年的六月二十四日,叶笃正与冯慧在湄潭正式举行了婚礼。两人心怀救国的共同理想,在人生的道路上携手并进,开启了新的篇章。

# 科学家应有的精神

　　一九四五年,叶笃正踏上了留学美国的征途。他几经周折,转到芝加哥大学,跟随世界著名气象学家、海洋学家罗斯贝学习研究。令他欣喜的是,师兄郭晓岚和同学谢义炳,还有学弟杨振宁都考入了这里,而且郭晓岚和谢义炳也师从罗斯贝,攻读气象学。

　　罗斯贝以实事求是的态度和精神对待科研和学术问题,他经常说:"事实是最重要的。"

　　有一次,叶笃正交给罗斯贝一个观察报告,罗斯贝看了看,问道:"这个数据可靠吗?"

　　叶笃正被问住了,支支吾吾不敢确定。罗斯贝笑了笑,就亲自带他去观察,认真比对相关数据。

罗斯贝严谨的治学态度深深地影响了叶笃正。

这也让叶笃正明白了研究自然科学"差之毫厘，谬以千里"的道理。后来，他在带领学生搞科学研究的过程中，不断要求学生们一定要做到严密谨慎，严格细致。他决不能接受"似乎、好像、大概、可能"等含糊的字眼，如果哪个学生在论文中出现类似字眼，都会被他立刻指出来，拿回去重新研究。

芝加哥大学有句名言："明辨是非之路是争论，而非顺从。"罗斯贝深谙其中含义，他鼓励叶笃正，学术存在争议，才有进步的空间，不能迷信权威，而要敢于质疑。

有一次，罗斯贝给叶笃正讲课，两人就一个问题展开讨论。叶笃正觉得老师的一个观点似乎有问题，于是就提出了自己的看法，理由也很充分。

当时，罗斯贝认为叶笃正说得有些道理。过了几天，他告诉叶笃正，经过反复论证，叶笃正上次的提法是错误的，并给他指出到底错在哪里。叶笃正一边听，一边拿出纸笔，将老师提出的意见记录下来。

罗斯贝说："你做得很好，虽然错了，但你敢于质疑的精神值得表扬，这是一个科学家应有的精神。"

一九四七年，叶笃正的妻子冯慧也通过了留学考试，来到美国。叶笃正与妻子在异国他乡团聚，一颗悬着的心终于放了下来。两人相互鼓励，盼望着尽快学成归国。

叶笃正心中少了顾虑，集中精力做研究，研究能力提升得很快。一九四八年，叶笃正三十二岁，他的博士论文《大气中的能量频散》在美国《气象杂志》上一经发表，立刻引起气象学界的高度重视。

叶笃正博士论文中的频散理论研究广泛地应用于天气预报，从理论上证明了西风环流中的能量可以按远大于风速的群速度向下游（或上游）传播。比方说冬春季节，欧洲大西洋沿岸的气流结构发生明显变化，这会影响到东亚上空的气流和天气，据此可以预报大范围内的天气变化。

这篇论文被誉为动力气象学的三部经典著作之一，叶笃正的"长波能量频散理论"发展了老师罗斯贝的"大气动力理论",使他蜚声国际气象界,叶笃正因此成为芝加哥学派的重要力量。

攻读博士期间,叶笃正在权威期刊上发表了十余篇重要的学术论文,受到了罗斯贝的器重。罗斯贝力排众议,将一个夏威夷气候研究的课题交给叶笃正去主持,为了减轻他的压力,还分配了几名助手来协助他。

这是一项重要的任务,叶笃正对罗斯贝满怀感激,但压力也随之而来。他废寝忘食地工作,为项目投入了全部精力。在既有的理论基础上,他提出了很多大胆而独特的想法,以创新思维形成新的有效的理论成果,促使项目顺利进行。

最终,叶笃正出色地完成了这项艰巨的任务,对夏威夷的降水特征进行了详尽的研究。一九五一年,叶笃正团队的研究成果在美国《气象学论丛》上发表。

# 气压占主导还是风占主导？

气象学界曾对大气运动状态的改变原因有诸多争论，最终分为两个派别，分别持有自己的观点。其中一个派别认为，在千变万化的气象中，风场占主导地位；而另一个派别则认为气压占主导地位。

在气象科学研究中，大多数人认为风是气压分布不均造成的，因而是气压造成了大气运动状态的改变。因此，气压占主导地位的观点成了主流，被人们奉为经典理论。

罗斯贝并不认可这种观点，他通过研究发现，经典理论只给出了风和气压之间的平衡关系，并没有说明其中的因果联系。既然气压的改变可以引起风的变化，那么风的分布也可以引起气压的变化。罗斯贝提出气压与风是相互适应的，主要是气压向风的分布适应。

作为享誉世界的气象学家和海洋学家，罗斯贝提出的观点是具有权威性的，但在这个问题上，他的理论与经典理论相比，还一直存在争议。

后来叶笃正通过分析，认为单纯强调气压主导或风主导的结论都不够全面，两者之间存在着一个前提条件。为了探究这个前提条件，叶笃正忘我地研究，分析实际情况，进行紧张的实验。有时候他会在半夜醒来，猛地从床上坐起，悄悄地开灯，在一个小本子上做记录。这是他的习惯，不管什么时候，有了灵感，他立刻会记在本子上。

最终，叶笃正得出了"风与气压之间的适应过程与大气运动的范围有关"的结论。这个结论的提出，证明了罗斯贝的理论只是在几百千米的天气系统中成立；而经典理论所主张的气压占主导地位的现象，在波及数千千米的天气系统中也是成立的。

也就是说：在大范围的天气系统中，气压占主

气压占主导还是风占主导?

导地位，风向气压的分布适应；在较小范围的天气系统中，风占主导地位，气压向风的分布适应。

叶笃正的结论一提出，就受到国际气象学界的极大关注。有人认为罗斯贝作为叶笃正的老师，叶笃正应该尊重他，维护他的观点。

但叶笃正对尊师重道有着自己的理解，他认为尊师不是盲从老师，科学工作者要尊重客观事实，一切从实际出发，这样才会推动科学的发展与进步。

也有许多人赞扬叶笃正敢于挑战权威、敢于推翻权威理论的质疑精神。叶笃正摇摇头说："'推翻'这两个字是不准确的，最多只能说是质疑。我的研究也仅是对传统结论和老师的主张进行了补充。科学是探索不尽的，后人在前人的肩膀上前进。时代在发展，学术研究也在不断深入。科学工作者要有质疑精神，但又不可妄自尊大，不能有一点儿成就就否定前人，把功劳全部揽到自己身上。"

叶笃正博士毕业后，留在芝加哥大学做罗斯贝的研究助理。紧接着，郭晓岚和谢义炳也相继完成了博士论文。在当时的芝加哥大学,叶笃正、郭晓岚和谢义炳成为芝加哥学派的中坚力量,被称为"气象界三杰"。

# 科学家有祖国

一九四九年十月一日，新中国成立。这一年的十一月一日，中国科学院正式成立。

消息传到美国，这天晚上，叶笃正和冯慧，还有郭晓岚、谢义炳等中国留学生相聚在一起，激动地振臂欢呼，祝福祖国。战火不再侵扰校园，远在异国的学子有了归宿，漂泊在外的游子有了根基。

叶笃正高兴地对大家说："我们该回去建设祖国了！"

大家都表示：祖国百废待兴，一定要回去。

国家急需科技人才，迫切希望远在国外学业有成的人才回国效力。一九四九年至一九五〇年，中国科学院曾对我国自然科学高级人才进行过专门调查。据统计，当时被推荐的专家共有八百六十五人，一百七十四人尚留在国外，占专家总数的百分之二十。此外，还有数以千计的学者、学生还在国外。

一天，叶笃正收到一封来自中国的信件，来信人是恩师涂长望，他在信中写道："为了气象事业的发展壮大，盼你们尽快回国。祖国深情召唤。"

祖国在召唤！叶笃正没有丝毫犹豫，立刻决定回国。

不过，妻子冯慧正在攻读博士，还没毕业，如果叶笃正此时回国，两人又面临着一次分离。何况他深知在国外的艰辛，对妻子放心不下。

冯慧劝说叶笃正："现在国家需要你，你还等什么？你一定要尽快回去，响应祖国的召唤。"

"我一定会回国，可我实在不忍心让你一个人留在美国。"

"那我和你一起回去！回国去学习。"

叶笃正有点犹豫："你快读完博士了，这个时候回去岂不是功亏一篑吗？"

冯慧说："我们都是中国人，我应该和你回到祖国干出一番事业。这里虽然条件优越，但我回到祖国照样会努力，为国家做贡献。"

叶笃正听了，无比感动。

关于回国的具体问题，叶笃正想听听老师的意见，便去找罗斯贝。

罗斯贝虽然加入了美国国籍，但祖国瑞典向他发出邀请时，他毅然回到瑞典，组建了斯德哥尔摩大学气象研究所并担任所长。

罗斯贝一见叶笃正，还没等他开口，就说起今后的安排："叶，今天美国气象局派人来找我了，希望你去那里工作。你要把握住机会，这是许多人都想去的。"

叶笃正平静地说："他们也找过我，希望我去华盛顿工作。"

罗斯贝问他："你不想去吗？他们会给你大学教授一样的薪水，这足够你过上富足的生活。当然，最重要的是，那里有世界上最顶尖的研究室。你应该很清楚，作为科学家，都希望拥有顶尖的研究室。"

叶笃正说："这些我很清楚，但我的根在中国，祖国需要我，我更希望回去报效国家，我要向您学习，响应祖国的召唤。"

罗斯贝听后十分感动，他理解叶笃正的报国热情，特别欣赏他对祖国的感情。但他认为两人的情况不能相提并论。中国百废待兴，叶笃正回去后恐怕连实验室都没有，太缺少科研氛围，困难会很多。作为科研工作者，时间是最宝贵的。

叶笃正对他说："我一切都想好了，国家再穷，那也是我的祖国，我必须回去，为祖国的建设尽绵薄之力。"

叶笃正是罗斯贝最为器重的学生之一，罗斯贝舍不得他走，但见他如此坚决，也只能无奈地摇摇头："叶，我支持你，有什么我能帮上忙的地方，尽管找我。"

叶笃正非常感动，他向罗斯贝保证，一定不辜负老师的期望，在气象研究领域做出更大的贡献。

叶笃正要回国的消息传到好友卡普兰教授耳朵里，他劝说叶笃正，如果留在美国，在一流的实验室里，会写出更多有影响力的文章，会创造更多的科研成果。

叶笃正说:"我的祖国需要我,无论条件怎样,我回去也能发挥自己的特长。那片土地才更适合我生根发芽,茁壮成长。"

卡普兰知道无法挽留叶笃正,便对他说:"科学无国界,有需要我的地方就说一声!"

叶笃正握住卡普兰的手说:"谢谢您!我更期待未来我们代表各自的国家,开展学术上的交流与合作。"

科学无国界,可是科学家有祖国。

# 曲折回国路

叶笃正归心似箭。

在任何国家,培养一名优秀的高科技人才,都是很困难的事情。当时,面临着中国留学生的回国大潮,美国设置了重重阻碍,严防叶笃正、谢义炳等一批优秀留学生回到中国。

中国留学生回国需要在香港周转,但当时的香港被英国侵占,必须持有英国驻美领事馆的签证才能回去。然而,当包括叶笃正在内的一大批留学生去英国驻美领事馆申请签证时,却屡遭拒绝。这种无耻的做法致使许多原本计划回国的留学生暂时按下了回国的念头。满腔的报国热情被当头泼了一盆冷水,他们身在异国,陷入深深的迷茫。

在这种境遇下,叶笃正依然没有放弃回国的计划。他对谢义炳说:"无论怎样,我们一定要想办法回去。"

就在这时候,华罗庚教授写了一封致留美学生的公开信,信中说:"为了抉择真理,我们应当回去;为了国家民族,我们应当回去;为了为人民服务,我们应当回去;就是为了个人出路,也应当早日回去……为我们伟大祖国的建设和发展而奋斗。"

华罗庚教授在中国留学生群体中有着极高的威信和号召力,为了祖国的建设和发展,他毅然放弃在美国的优厚待遇,回到祖国的怀抱。一九五〇年春天,他在归国途中写下了这封《致中国全体留美学生的公开信》,之后回到了清华园,担任清华大学数学系主任。

华罗庚教授的事迹深深地影响着中国留学生们。这封公开信充满无穷的力量,鼓舞着留学生们。

叶笃正和谢义炳再次来到英国驻美领事馆,两人还没来得及递上申请表,工作人员一看又是他们，直接就说："你们又来了，赶快回去吧！我们不会给你们签发去香港的签证。"

又一次受阻，叶笃正非常生气，便与工作人员争论起来，质问他们为什么不发签证，结果被工作人员赶了出去。

叶笃正很失落，只好去找罗斯贝。罗斯贝本就不舍这么优秀的人才离去，得知他的遭遇后就劝他，既然美国方面不想让他回去，那不如就留下来，从长计议。

叶笃正毫不动摇地对罗斯贝说："中国的气象研究仍是一片空白，我一定要回去，把我们芝加哥学派发扬光大。"

罗斯贝被叶笃正这种百折不挠的精神所感动，决定想尽一切办法帮助叶笃正回国。他先恢复叶笃正的学生身份，然后再帮他办去瑞典的签证。一般情况下，叶笃正以学生身份去瑞典是没有问题的，等叶笃正在瑞典待一段时间后，再从那儿回到中国。

叶笃正很感动，深深地向罗斯贝鞠了一躬。

在当时的情况下，这是回到祖国最好的方式

了，可极为耗时，需要耐心等待。

之后，叶笃正在罗斯贝的帮助下恢复了学生身份，焦急地等待着瑞典的签证。这时，一个好消息传来，在留美中国科学工作者协会的组织下，一艘开往香港的"威尔逊总统号"客轮，准备搭载中国学者们去香港。

叶笃正立刻去跟船长联系。一九五〇年八月，叶笃正匆匆辞别了罗斯贝，携妻子登上了"威尔逊总统号"客轮，踏上了回国的旅程。

"威尔逊总统号"在美国旧金山启程，这艘载有一百多位中国留美人员的客轮，是二十世纪五十年代初留美回国潮中搭载回国人员最多的一艘轮船。

九月十二日，"威尔逊总统号"到达日本横滨港，上来一批美国士兵对留学生们强行搜查，要带走赵忠尧等人。

叶笃正挺身而出："你们太无理了，凭什么抓人？你们阻止钱学森回国，现在又在这里撒野！"

美国士兵蛮横无理地说："这不需要理由！"

后来，赵忠尧他们被关进了监狱，受尽磨难，才辗转回到中国。

一九五〇年九月底,"威尔逊总统号"抵达香港,因为大部分人都没有签证,只能乘小船前往深圳罗湖。

十月一日,叶笃正他们到达罗湖时,正值国庆日,许多人得知留美同胞回国,纷纷来到港口迎接,大家欢呼着相互拥抱。

叶笃正再也抑制不住自己的情感,顿时热泪盈眶:"祖国,我回来了!"

后来,叶笃正对当时两千多位海外学者归国的壮举感慨万千。他深切地认识到,中国科技的蓬勃发展,离不开留学归国学者发挥的重要作用。他们回国后,使许多新兴学科得以建立,一些空白、薄弱领域得到填补和充实。

# 结束"天有不测风云"的时代

在这个意义非凡的秋天,叶笃正回国后先去看望了赵九章和涂长望两位老师。当时,赵九章担任中国科学院地球物理研究所所长,涂长望担任中央军委气象局局长。看到叶笃正,赵九章和涂长望都为祖国的气象学事业增加了一位学有所成的学者而高兴。

刚回国不久,清华大学向叶笃正发出邀请,他欣然前往,但他并不知道,在这期间,赵九章和涂长望正在研究他工作的事。

当赵九章听说叶笃正要去清华大学教书时,就告诉他,去清华大学固然好,培养人才也是为国家做贡献,但中国气象学事业刚刚起步,急需他这样的专业人才去奋力开拓。他们想安排叶笃正去中科院地球物理研究所工作。

叶笃正完全理解老师的用意，他说："我服从安排，祖国需要什么，我就研究什么。"

就这样，叶笃正被派到中科院地球物理研究所的北京工作站任主任，负责军委气象局和地球物理研究所，联合天气分析预报中心及气象资料室工作。他的到来，为后来的全国天气预报研究工作起到了奠基性作用。

竺可桢听说叶笃正参加工作了，难掩喜悦，他早就盼望着叶笃正能回到祖国。他专门嘱咐叶笃正，研究气象一定要视野开阔，重视实践，要有大思维、大格局。

当时，科研条件艰苦，没有像样的实验室，没有高精尖的科研设备，但每个人都有一种不怕苦的精神。叶笃正与顾震潮、陶诗言、杨鉴初等人克服重重困难，在北京西直门内北魏胡同的一座破旧的房子里，依靠前人收集的气象记录以及传承下来的珍贵资料，开始了他们的气象研究。

叶笃正斗志昂扬地说："我们一定要把天气

气候研究室建立起来，告别'天有不测风云'的时代！"

叶笃正在芝加哥大学留学时研究的方向是动力气象学，回国后，他承担的第一个项目是研究黄河流域降水状况。虽然这不是他擅长的研究领域，但他却积极对待，不遗余力地去完成。

叶笃正与杨鉴初、高由禧一起整理资料，以严谨的科学态度对各种极端气候进行了统计分析，于一九五六年出版了他们的研究成果——《黄河流域的降水》。

这一成果，让叶笃正团队信心大增，也有力地击破了"没有高端实验室，就没有研究成果"的说法。同时，叶笃正在该领域积累了宝贵的经验。

鉴于我国地域辽阔、地形复杂，降水区域分布不均等实际情况，一九五八年，国家开始开展针对性的科研工作，实施人工降雨计划。叶笃正参与了这个项目的组织领导工作，这是一项难度很高、极具挑战性的工作。

"再难的事情，我们也要想办法去完成，这是我们的职责所在！"叶笃正说。

人工降雨工作离不开高空作业，危险无处不在。有一次，叶笃正一行人乘坐飞机进行高空作业。飞机已经飞到了预定高度，却仍在不断地向上爬升，机组人员全部忙碌起来，神色不安。

叶笃正感到情况不对，问机械师出什么问题了。机械师低声说，飞机的一个发动机出现故障，随时有可能发生危险。情况紧急，只有不断爬升，才能在降落时有回旋的余地。见机械师直冒冷汗，叶笃正小声安慰他："不要紧张，镇静面对。"

不一会儿，同行的科研人员都意识到情况不对，开始紧张起来。有人来到叶笃正身边，问他到底出了什么事。

叶笃正表面上镇定自若："没什么事，我们需要飞往更高层，才能完成工作。你们放心，机组人员是有把握的。"

听他这么说，大家的情绪都平复了。此刻，叶笃正只能在心中默默祈祷飞机平安降落。最终，他们平安无恙，完成了这次高空作业。

接下来的工作，仍有无数的困难。叶笃正对大家说："要结束'天有不测风云'的时代，仅靠一张地面图是不够的,我们必须要有天气预报必备的高空图!"

他在美国从事气象学研究的时候,实验室不仅有地面图、高空图,还有先进的计算机,再庞大、再复杂的数据,通过计算机很快就能处理,而且精准无误。

可是叶笃正他们的科研条件是简陋的,没有任何先进的设备。要想获得准确的科学研究结果,一点儿都不能将就,高空图必须有!

接着,叶笃正指导全体成员一起完成高空图。他们挤在一间小屋里,反复计算,精心绘图,经常一干就是一个通宵,连饭都顾不上吃。

叶笃正回到家中,要么是深夜,要么是凌晨。妻子和孩子们都已睡下了,他就悄悄地进入房间,怕惊醒他们。时间久了,妻子冯慧担心他身体吃不消,不管多晚都会等他回来,给他做一点儿夜宵吃。

功夫不负有心人,在大家的努力下,第一张500百帕(相当于大约5000米高度)的手绘高空天气环流图完成了。看着这张巨幅天气图,叶笃正激动地说:"中国的天气预报工作迈出了重要的一步。接下来,我们会一步步与世界水平接轨,最终超越!"

"明天白天多云,风力2—3级,最高温度23摄氏度,空气质量优……"人们每天能听到的天气预报,凝聚了叶笃正和一批科研人员的心血。

# 四大金刚

叶笃正非常重视团队协作。一九五八年,他担任中国科学院地球物理研究所天气气候研究室领导时,这个研究室成绩非常突出。短短几年,全室拥有研究人才一百八十三人。

中国科学院地球物理研究所气象组中,有几个实力很强的人物,分别是叶笃正、顾震潮、陶诗言和杨鉴初,他们四人在气象工作中做出了突出的贡献,被誉为"四大金刚"。虽然他们的科研领域不同,各自的学术风格迥异,但他们有着共同的理想追求、严谨务实的科研态度,以及团结协作的精神。

叶笃正非常重视对大气环流的研究,在这方面做出了重大贡献。有一件事情，彻底改变了国外气象学界对中国气象学的看法。

大气环流一般是指具有世界规模的、大范围的大气运行现象。

大气环流的成因很复杂，太阳辐射、地球自转、地球表面海陆分布不均等种种因素构成了地球大气环流。大气环流直接影响天气和气候，比如，北方的冷空气南下就是一种环流现象。

一九五七年，叶笃正和陶诗言等人一起完成了题为《东亚大气环流》的英文论文，在《大地》杂志上连载。

论文一经发表，就在国际气象学界引起了轰动。在这之前，国外气象学界对中国气象学持观望态度，直到看到了叶笃正团队的研究成果，才对中国气象学的科研水平有了进一步的了解，并由衷地佩服。叶笃正的研究成果，也引起了美国师友的关注，他们都认为，中国大气科学研究必将与世界大气科学研究同步进行。

叶笃正的研究方向非常具有前瞻性。一九五八年，叶笃正和陶诗言、李麦村通过研究，在《气象学报》上发表了《在六月和十月大气环流的突变现象》。在当时，世界气象研究工作者很少提及气候突变。叶笃正团队提出的理论，直到二十世纪八十年代才成为气象科学界的焦点，比国际气象学界提出此理论早二十多年。

接下来，叶笃正勇攀科技高峰，取得了一个又一个科研成果。同年，叶笃正与朱抱真合作，出版了《大气环流的若干基本问题》一书，对当时大气环流研究成果做了系统的总结，向国际气象学界展示了我国大气科学研究取得的骄人成绩，彰显了我国在气象学研究方面的雄厚实力。

大气中有一个对大气环流形势影响很大的天气系统，叫阻塞高压。阻塞高压主要出现在北半球，影响大范围地区的天气和气候。阻塞高压的长期持续，会给大范围地区带来干旱、连阴雨和寒潮，给人们的生活造成很大的影响。

为了研究阻塞高压现象，更好地开展天气预报，叶笃正牵头组织了关于阻塞高压的研究工作，并对阻塞高压的动力学特征进行了进一步的探讨。

后来，叶笃正与陶诗言、杨鉴初、朱抱真等人合作完成了《北半球冬季阻塞形势的研究》，大大提高了我国冬季寒潮暴发的预报准确率，直到今天仍在我们的生活中广泛应用。这一著作在一九七八年获中科院重大科研成果奖。有评论称，叶笃正是最早为阻塞高压的形成、强度和地理分布做出令人满意的理论解释的科学家之一。

叶笃正作为气象组的主任，凡是"四大金刚"共同努力取得的科研成果，发表文章时，署名都写着"集体工作"，在文章的脚注里，叶笃正会写上每个参与者的名字。

二十世纪五十年代末至六十年代初，正是因为有了"四大金刚"，有了显著的科研成果，才让中国大气科学研究紧跟世界大气科学研究的步伐，没有掉队。叶笃正后来评价这个时期的工作，曾说："我们一直跟着跑，并没有落后多少。"

# 风雪中的坚持

叶笃正有一个习惯，不管去哪里，身上总会带着一个小本子，随时做观察记录，有什么思路和灵感都会记在本子上。这个习惯，他一直保持到九十多岁。

为了研究高原对大气环流的影响，叶笃正带领团队深入青藏高原，历尽艰辛，勇于探索，最终开辟了青藏高原气象学这一新的研究领域。

当时的世界气象学界，许多学者从事着地形对大气环流影响的研究，但没有人涉足青藏高原，没有人对青藏高原的气象进行研究。

经过论证，叶笃正将目光落在青藏高原上。他认为青藏高原对中国乃至世界的气候，都有着深远的影响。

青藏高原平均海拔在四千米以上，高原上氧气稀薄，长期在平原地区生活的人一来到这里，会有缺氧、头晕等高原反应。

叶笃正为了研究青藏高原的气象、保证数据的准确性，频繁地出入青藏高原，在艰苦的自然条件下进行观测。尽管叶笃正经常锻炼身体，但还是很难适应高原地区的低气压，稀薄的氧气让他呼吸急促，长时间的缺氧让他脑袋嗡嗡作响，四肢无力。

有一次，叶笃正带领几个助手登上一面山坡，刚刚还是阳光普照，一会儿却变天了，大片的乌云布满天空，寒风呼啸，雪花纷纷扬扬，气温骤降。恶劣的天气影响了他们的工作，助手们劝叶笃正进帐篷躲一躲风雪。

叶笃正却仍坚持工作，事后他说："我们来到这里就是为了研究高原复杂的气象，风雪正是我们的研究对象之一。这点困难不算什么，只要身体允许，就得咬紧牙关坚持下去，这是获得第一手资料的好机会。"

为了祖国气象学事业的发展与进步，他夜以继

风雪中的坚持

日地工作着，付出了巨大的努力。由于生活条件有限，营养跟不上，他的身体逐渐吃不消，出现了水肿。即便是这样，他仍一心扑在青藏高原的气候研究上。

有一次，他准备再次前往西藏地区进行实地考察。冯慧为他的身体状况感到担忧，说什么也不同意，劝他养好身体再去。

叶笃正说："不要为我担心，我都去过很多次了，已经适应那里的气候了。"

冯慧说："可那里毕竟地处高寒，你的身体都快累垮了，要去也得等水肿消了。"

叶笃正说："时间不等人，高原对大气环流的影响这个课题中还有很多问题需要我们再去研究。"

冯慧知道他的脾气，为了工作，总是不顾一切。

叶笃正出发了，将近一个月没有任何消息。冯慧的心天天悬着，日夜挂念。

一天傍晚，突然传来一阵熟悉的敲门声，她打开门一看，叶笃正风尘仆仆地站在门口，又黑又瘦，一脸疲惫。她激动地脱口而出："你还活着？你知道我有多担心吗？"

叶笃正笑着说："高原并不可怕，在我的眼里，它像你一样温柔。"

他告诉冯慧，这次他带领研究小组登上了海拔约五千三百米的山口，看见了天空碧蓝如洗，皑皑雪山巍然耸立，空中飘动的彩色经幡纤尘不染，真是美不胜收，高原是纯净而美丽的人间圣土，让人神往。青藏高原也是气象学事业的重要组成部分。

在气象学中，热源与冷源一直是一个模糊的概念，存在多种说法。很多人知道，青藏高原对周边的天气和气候的影响很大，它在夏季会产生大量热源，那么冬季时就会产生大量冷源吗？对此，有人认为是冷源，有人认为是热源。为了得出一个明确的答案，叶笃正和同事们反复研究，对青藏高原周边地区做了细致的考察，并查阅了很多相关历史记录。

叶笃正发现，围绕青藏高原的南支急流、北支急流及它们汇合而成的北半球最强大的急流，对东亚天气和气候产生了重要的影响。他首次提出，青藏高原在夏季是大气的一个巨大热源，在冬季，其西南角的一部分是热源，其余地区是冷源。这个结论，引起了国际气象界的关注。同时，他还深入地研究了夏季青藏高原热源及其对东亚大气环流的影响，取得了一系列的成果，从而为青藏高原气象学的建立奠定了科学基础。

后来，叶笃正在出版的多部著作中对青藏高原及其邻近地区的气象进行了系统论述和总结。其中，与他人合著的《青藏高原气象学》为中国天气预报和数值预报提供了可靠依据。

叶笃正和他的团队对于青藏高原气象的研究，对我国长江中下游流域的农业生产起到了至关重要的作用。

随着科技的进步和观测手段的改善，青藏高原气象学的研究工作已经取得较大进展，逐渐成为气象学的一个重要分支。

# 让每一个参与者都成为专家

一九五四年,有一个名叫巢纪平的年轻人被分到中科院地球物理研究所。他在所里担任技术员,非常努力,利用业余时间做了一个三维非线性的地形对大气环流影响的理论研究。一天,巢纪平的初稿被一位领导看到后,他受到严厉批评。在当时,这种未经允许的研究行为是不被认可的。

巢纪平非常难过,一边心疼自己的研究成果,一边陷入了深深的自责当中,思考再三,他带着初稿找到叶笃正。

叶笃正看完后,说:"你的初稿很好,我也在研究这个问题,不过是关于正压大气的,而你做的是斜压大气的研究,这个课题我不做了,希望你做下去，我安排两位统计员帮你计算。"

巢纪平非常感动，但又担心这项研究工作得不到许可。

叶笃正说："其他问题我去解决，你就放心做研究吧！"

最终，在叶笃正的帮助下，巢纪平顺利地完成了这项研究工作。可是，他研究出的成果并没有引起有关方面的重视。

叶笃正非常认可他的科研成果，觉得他很有潜力，于是便与顾震潮一起推荐他为副研究员，这一举荐得到了赵九章所长的支持。一九六四年，巢纪平被破格提拔为副研究员。

后来，巢纪平从中国科学院转到国家海洋局。他在开展相关科研项目时遇到了困难，缺少经费支持。紧要关头，叶笃正与谢义炳一起帮他跑前跑后，经过申请和答辩追加了项目资金。巢纪平感动之余，全力攻关，取得了丰硕的成果，终于使我国海洋环境预报业务达到了国际前沿水平。

叶笃正大力扶持年轻人，帮助了许多年轻的科研工作者，引领他们在科学的道路上大展宏图。

叶笃正曾在北京大学物理系讲授动力气象学，有一位叫曾庆存的学生，聪明朴实，给他留下了深刻的印象。

曾庆存喜欢诗歌，说话都透着诗意。叶笃正鼓励他用诗的语言描述科学现象和原理。后来，曾庆存去苏联攻读博士学位。

时隔几年，曾庆存学成归国，来到研究所从事科研工作。看到许久未见的学生如今成长为一名独当一面的科技人才，叶笃正非常高兴。

因为研究所里办公室紧张，叶笃正便安排曾庆存和自己在同一个办公室。

曾庆存心里很清楚，叶笃正这是在照顾他，便感动地说："我能和您一起办公实在是太荣幸了，可是，这样不会影响您办公吗？"

叶笃正说："一点儿都不影响，你在苏联读完博士，学到了新的知识，我们在一起办公，交流起来也很方便。"

曾庆存没想到，这位赫赫有名的气象学大师竟然没有一点儿架子，如此平易近人，他打心眼儿里敬佩叶笃正。

叶笃正不仅在学习和工作上帮助他，还在生活中无微不至地关心他。

一天下班的时候，叶笃正来到曾庆存的宿舍，发现曾庆存只有一床单薄的被子，此时已是深秋，叶笃正立刻回家拿了一床被子，送给曾庆存。曾庆存抱住被子，一股暖流涌遍全身。

叶笃正告诉曾庆存，无论遇到什么困难，都不能放弃心爱的研究事业，要留心国际上的研究动态，多关注人造气象卫星的研究状况。

曾庆存牢记叶笃正的嘱托，在气象卫星研究方面倾注了大量心血。在叶笃正的鼓励下，经过一年多的努力，曾庆存写了一本有助于气象卫星研究的书，名叫《大气红外遥测原理》，此书一出，便在学界引起了巨大轰动。

为了更好地研究大气运动，叶笃正想建一个实验室。

一般来说，大气运动的研究，可以依靠观测、计算、推演来获知大气的情况，了解其规律，但是很难通过物理实验去模拟和证明。也就是说，大气运动过程很难在实验室中再现。为了解决这个难题，叶笃正苦思冥想，决定建造大气环流物理模拟实验室。

在自然条件下，人们只能被动地接受自然界给定的条件；而在模拟实验中，可以随意改变控制参数，反复进行实验。

在传统的模拟实验中，往往以圆柱表示地形，叶笃正认为这样设计过于简单，会影响实验数据的准确性。于是在进行模拟时，在转盘中设置了一个长轴为7厘米、短轴为4.8厘米、高度为3厘米的椭圆体，更加准确地模拟了实际大气中青藏高原的情况。

叶笃正带领大家在实验室里一起研究，让每个人都参与进来，集思广益，不断总结经验。在国外，只有少数人才有资格进入这种研究的实验室，其他人很难参与进来。而叶笃正会想尽一切办法，给更多的科研工作者创造学习机会，让大家共同进步。

他认为，一个好的实验室就要为大家创造好的学习条件，要让每一个参与者都成为专家，充分发挥每一个人的潜能。他打过一个比方，像巢纪平这样的研究人员，虽然没有名校和留学背景，但在研究中积累了许多知识和经验，照样能成为专家。他十分关心这样年轻有为的人，想方设法给他们提供研究的舞台，并给予指导，让他们能够发挥更大作用。

"让每一个参与者都成为专家"，这是叶笃正对中国科技事业的美好期望，这也为中国的科学发展注入了大量新鲜血液。

# 探索的脚步从未停下

一九七八年，叶笃正出任中科院大气物理研究所所长。在他的带领下，研究所取得了一系列成绩。一九八〇年，叶笃正当选为中科院学部委员，即后来的中科院院士。

一九八四年初，叶笃正与美国气象学家马隆共同探讨"全球气候变化"这一问题，希望合作研究全球气候变化。

在那个时代，叶笃正与马隆提出的"全球气候变化"课题是很超前的，这项研究争议很大，许多人不理解，甚至有人认为全球气候变化与我们有什么关系。

叶笃正对大家说："科研必须有前瞻性，最忌鼠目寸光。随着工业革命的发展，人类活动范围和活动能力越来越大，这对大气影响也会越来越大，哪能与过去低生产力时期相提并论？"

他告诉参与这项研究的科研人员，只要认为是对的事情、有价值的事情，无论遇到什么样的压力和困难，也要坚持下去。

自一九七六年以来，全球气温以平均每十年提高0.2摄氏度的速度升高。人类的活动让全球加速变暖，排放的二氧化碳引起的温室效应使生态系统难以调节，逐渐威胁到人类的健康，严重的话会导致许多自然灾害的发生。

怎样维护生态环境？人类应该如何做出改变？为了研究全球变暖的问题，也是为了从社会活动方面为人类普及环保知识，叶笃正与符淙斌开始新的课题研究。

长路漫漫，叶笃正从未停下探索的脚步。

# 科学家的侠义精神

一九九六年,八十岁高龄的叶笃正依旧奋斗在科研一线。妻子担心他的身体状况承受不住这么大的工作量,劝他说:"让年轻人去干吧,你都这一把年纪了,身体吃不消啊!"

叶笃正说:"这我知道,像我这么大年纪的人早就应该'退位'了,但这项工作我必须搞起来,必须要带领一群人来共同做好这件事,等我把年轻人带上路了,才能放手啊!"

二〇〇三年,八十七岁高龄的叶笃正决定亲自去新建的气候站实地考察。塔克拉玛干沙漠是温带干旱沙漠,酷暑时温度高达67.2摄氏度,昼夜温差达40摄氏度以上。不用说一个老年人,年轻人去了都受不了。虽然叶笃正有过高原地区实地考察的经历，但那毕竟是年轻的时候。如今可不比从前，一是他如此高龄，难以适应沙漠的恶劣气候，二是沙漠中风沙活动十分频繁，条件非常艰苦。因此，研究所的同事不放心，都劝他别去。

叶笃正笑着说："你们是不是担心我去了会给大家添麻烦？放心吧，我这体魄可以的。"同事们没有办法，准备请冯慧劝他。叶笃正不高兴了："我们的科研工作，如果不实地考察，怎能有第一手资料？"大家一听，只好由他去了。

这一年，"气候变化国际科学讨论会"在北京召开，叶笃正作为大会的科学指导委员会主席，在开幕当天做了题为《有序人类活动》的报告，受到了与会专家的肯定。

二〇〇四年，叶笃正获得了有"气象诺贝尔奖"之称的国际气象组织奖。一直以来，他以超前的目光放眼全球，引领中国气象学的研究走向世界前列。

一九九五年十月十五日，叶笃正作为取得杰出成就的科技工作者，获得第二届何梁何利基金科学与技术成就奖，奖金有一百万港元，他将这笔奖金捐给了大气物理研究所和母校南开中学。

一九九六年二月二十一日，是叶笃正的八十岁生日，这一年也是他从事气象科研事业六十周年。曾担任中科院院长的卢嘉锡给叶笃正题词祝贺："叶茂根深东亚环流结硕果，学笃风正全球变化创新篇。"

大家特意为叶笃正举办了庆祝大会，时任中国科学院大气物理研究所所长洪钟祥在会上宣布，将叶笃正捐献的奖金设立为叶笃正奖。但是，叶笃正不同意以他的名字命名这一奖项。

最后，大家商议决定，从卢嘉锡的题词中取"学笃风正"四个字来命名，叶笃正认为"学笃风正"四个字代表着一种科研精神，便同意了这一命名。

二〇〇六年一月九日，叶笃正获得2005年度国家最高科学技术奖。他将五百万元奖金中的大部分注入了"学笃风正"奖，并建议适当提高奖金额度，以此来激励年轻的科研工作者，最后还强调，奖金的额度不能超过以他的老师赵九章命名的"赵九章优秀中青年科学工作奖"。

获奖之后,许多人向他表示祝贺,叶笃正平静地说:"这是奖给中国气象事业的,成绩的取得依靠的是大家。"

他常说:"要让外国人来同我们接轨。"

让外国人同我们接轨,这是一个年过九旬的大科学家的大气象。

"笑揽风云动,睥睨大国轻。""风华正茂时,已经是奠基人;古稀之年,仍然是开拓者。"这是叶笃正留给祖国的感动印象,二〇〇七年二月,他被授予"感动中国2006年度人物"荣誉称号。

光阴如梭,岁月如流。

叶笃正与妻子冯慧年纪大了,经常会想起远隔重洋的孩子们。叶笃正与冯慧育有三个孩子,长子叶维江率先考取了出国研究生,女儿叶维明、次子叶维健后来也赴美深造。

叶笃正与冯慧商量,给孩子们一些鼓励,想来想去,叶笃正提笔写了两幅字,引用的是古诗,一幅是"欲穷千里目，更上一层楼"，另一幅是"举头望明月，低头思故乡"，以此来勉励孩子们身在国外心向祖国。

叶笃正有一个鲜为人知的爱好，他喜欢看武侠小说。有一次，他正在看金庸写的武侠小说，被他的一个学生周家斌看见了，周家斌很好奇，大科学家还喜欢看武侠小说？

叶笃正告诉他，武侠小说中的人物一腔热血，铁骨柔肠，我们搞科研的，也需要有这种侠义精神，要有为国为民的情怀。

周家斌豁然开朗，说："侠者思维，真是能上天入地，出入自如，难怪您能成为大家，攀上科学高峰！"叶笃正说："学无止境，永远别说大家，莫言高峰！"

二〇一三年十月十六日，叶笃正因病在北京逝世，享年九十八岁。"侠之大者，为国为民"，叶笃正堪称气象学界的"侠者"，为国为民无私奉献了自己的一生，以突出的科研成果终结了我国"天有不测风云"的时代。在时代的变幻风云中，始终不变的是叶笃正内心怀有的科学报国、科学兴国的信念。当我们每天听着习以为常的天气预报时,不要忘记叶笃正为此付出了巨大的努力和心血。